Bonne nuit, Peppa

Adaptation de Barbara Winthrop
Texte français d'Isabelle Allard

Les données de catalogage avant publication sont disponibles.

Cette édition est publiée en accord avec Entertainment One.
Ce livre est basé sur la série télévisée *Peppa Pig*.
Peppa Pig est une création de Neville Astley et Mark Baker.

Copyright © Astley Baker Davies Ltd./Entertainment One UK Ltd., 2003, pour Peppa Pig.
Tous droits réservés.

Édition publiée par les Éditions Scholastic, 604, rue King Ouest, Toronto (Ontario) M5V 1E1 CANADA.

6 5 4 3 2   Imprimé en Malaisie 108   20 21 22 23 24

Un soir, Peppa et George finissent de souper.
C'est presque l'heure d'aller au lit.
Mais les deux petits cochons ne sont
pas fatigués.

— Est-ce qu'on peut aller jouer dehors? demande Peppa.

— D'accord, dit Papa Cochon. Mais vous devrez rentrer quand je vous appellerai pour prendre votre bain.

Peppa et George sortent pour jouer un peu avant d'aller se coucher.
— Regarde, George! crie Peppa. Des flaques de boue!

Peppa et George aiment sauter
dans la boue.

— Peppa! George! appelle Papa Cochon.
C'est l'heure de prendre votre bain!
   Peppa et George courent vers la maison
dans leurs bottes boueuses.
   Scouic! Scouic!

— On a trouvé la plus grande flaque de boue du monde! s'écrie Peppa.

— Êtes-vous fatigués?
demande Papa Cochon.
— Non, papa, répond Peppa.
On n'est pas fatigués du tout!

Avant d'aller au lit, Peppa et George prennent un bain.
Peppa aime faire des éclaboussures. George aussi!

Ho! Ho!
— Ça suffit, dit Papa
Cochon. Mettez vos pyjamas.

— Est-ce qu'on peut rester
encore un peu dans la baignoire?
demande Peppa.
— Non, l'heure
du bain est terminée,
répond Papa Cochon.

Avant de se coucher, Peppa et George
se brossent les dents.
Frr! Frr! Frr!
— C'est bon, vos dents sont propres,
dit Maman Cochon.

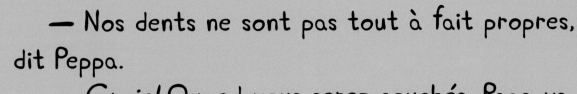

— Nos dents ne sont pas tout à fait propres, dit Peppa.

— *Groin!* Quand vous serez couchés, Papa va vous lire une histoire, annonce Maman Cochon.

Peppa et George aiment les histoires.
Ils se dépêchent d'aller au lit.

Peppa dort toujours avec son ourson
en peluche.
George dort toujours avec M. Dinosaure.

— Avez-vous sommeil, maintenant? demande Papa Cochon.

— Non, répond Peppa. Il nous faut plein d'histoires!

— Papa va vous lire une histoire, dit Maman Cochon. Laquelle aimeriez-vous entendre?

— Celle du singe rouge! répond Peppa.

Peppa et George aiment le livre du singe rouge.

Papa Cochon leur lit l'histoire
du singe rouge.
— Il était une fois un singe rouge.
Il vivait toutes sortes d'aventures.

Après chaque aventure,
le singe rouge...

prenait un bain,

se brossait les dents

et s'endormait.

Quand Papa Cochon
termine l'histoire, Peppa
et George sont endormis.

Bonne nuit, Peppa! Fais de beaux rêves!